LES HOMMES,

COMEDIE-BALLET

EN UN ACTE.

par Mr de Saint-Foix

Repréſentée par les Comédiens François, ordinaires
du Roi, le 27 Juin 1753.

Le prix eſt de 24 ſols.

A PARIS,

Chez DUCHESNE, Libraire, rue ſaint Jacques
au-deſſous de la Fontaine Saint Benoît,
au Temple du Goût.

M. DCC. LIII.

Avec Approbation & Privilege du Roi.

MERCURE.

PROMÉTHÉE.

LA FOLIE.

Acteurs danſans de différens caraƈtères.

La Scene eſt ſur la Terre.

LES HOMMES,

COMEDIE-BALLET.

Le fond du Théâtre repréfente une Forêt ; on voit plufieurs Statuës au milieu d'un rond d'arbres ; Prométhée defcend du Ciel un flambeau à la main, Mercure le fuit.

MERCURE.

E t'ai vû dérober le feu du Ciel, & defcendre fur la terre ; je t'ai fuivi, quel eft ton deffein ?

PROMETHE'E.

Tu le fçauras.

MERCURE.

Je veux le fçavoir à l'inftant, ou je remonte à l'Olympe pour avertir Jupiter...

A ij

PROMETHE'E.

Je t'ai crû de mes amis ?

MERCURE.

Si tu m'as crû de tes amis, pourquoi donc ne me pas confier ce que tu veux faire ?

PROMETHE'E.

Mercure aime bien les confidences ! ..... Allons, il faut fatisfaire ta curiofité, & te conter mon aventure : je fuis devenu amoureux de Minerve ; je n'ofois me déclarer ; je m'avifai hier , fçachant qu'elle devoit venir fe promener dans cette Forêt, de prendre de l'argile, d'en détremper & de former un groupe où j'étois repréfenté travaillant à fa Statuë : de petits Amours m'entouroient ; l'un avec fon flambeau m'éclairoit fur mon ouvrage , tandis que les autres me préfentoient les inftrumens qui m'étoient néceffaires. Elle arriva comme j'achevois.

MERCURE.

Que dit-elle à la vûe de ce galant Chef-d'œuvre ?

PROMETHE'E.

Elle le confidera avec beaucoup d'attention;

la joye brilloit dans ses regards ; je me crus au comble de mes vœux; je me jettai à ses genoux...

MERCURE.

Eh bien ?

PROMETHÉE.

Eh bien ? Promethée , me dit - elle , je ne dois pas être moins surprise qu'offensée de votre audace ; je voudrai bien l'oublier à condition qu'à la place de ces Statues que je vous ordonne de briser à l'inftant, vous en ferez d'autres ; vous les animerez du feu du Ciel ; les tems font venus où l'homme doit naître.

MERCURE.

Que veux-tu dire l'Homme ?

PROMETHÉE.

Oui l'homme & la femme , c'eft ainfi qu'elle m'a dit de nommer, lorfque je les aurai animées, ces Statues que tu vois, & que j'ai faites pour lui obéir.

MERCURE.

Mais fonge donc que ce feroit repeupler la terre.

A iij

PROMETHE'E.

Eh quel mal y aura-t'il qu'elle foit repeuplée?

MERCURE.

Quoi, lorfque Jupiter vient de détruire les Titans?

PROMETHE'E.

Il **a** détruit les Titans, qui fe confioient fur leur force, bravoient les Dieux, & même oferent leur déclarer la guerre : mais des Etres auffi foibles que le feront ceux-ci....

MERCURE.

On peut être foible & infolent.

PROMETHE'E.

Oh j'affurerois qu'à peine entendront-ils gronder fon tonnerre que nous les verrons tremblans, faifis d'effroi, nous bâtir des Temples, nous élever des Autels...

MERCURE.

C'eft-à-dire, qu'ils nous honoreront par crainte;

PROMETHE'E.

Et par amour, ayant la raifon en partage.

MERCURE.

La raison?

PROMETHÉE.

Sans doute.

MERCURE.

Crois-moi, borne-les à l'inftinct, ils en feront plus raifonnables.

PROMETHÉE.

Tu plaifantes, mais fi je te prouvois que leur exiftence nous fera très-utile.

MERCURE.

Eh à quoi?

PROMETHÉE.

Ecoute, foit dit entre nous, on s'ennuie fouvent dans l'Olimpe.

MERCURE.

Oh fouvent.

PROMETHÉE.

Pourquoi nous ennuions-nous?

A iv

MERCURE.

Ma foi je ne sçais, car il me semble qu'étant
des Dieux...

PROMETHE'E.

Nous sommes des Dieux, il est vrai ; mais
soumis au Destin qui se plaît sans doute à nous
faire sentir que nous ne sommes pas faits uniquement pour nous, & que dans le rang suprême
on doit s'occuper du plaisir de faire des heureux ; or ces petits Etres qui seront repandus
sur la terre, nous en procureront à chaque instant
les occasions; l'innocence de leurs mœurs, la can-
deur de leur caractère, leur vertu, leur bonne foi,
leur douceur, & la tendre amitié qu'ils auront
les uns pour les autres, les rendront de dignes
objets de notre bienveillance.

MERCURE.

J'en doute.

PROMETHE'E.

Pourquoi te prévenir contre eux ?

MERCURE,

Pourquoi t'aveugler en leur faveur ?

PROMETHÉE.

Tu n'en peux pas juger, puifqu'ils n'exiftent pas encore.

MERCURE.

Je crains que tu n'en juges trop tard lorfqu'ils exifteront.

PROMETHÉE, *d'un ton d'impatience en avançant vers une des Statues, & l'animant.*

En tout cas j'aurai obéi à Minerve.

MERCURE.

Et tu te feras attiré la colere de Jupiter . . . . Qu'eft-ce que cette harmonie ?

PROMETHÉE.

Elle eſt fans doute occafionnée par les efforts que fait la flamme celefte pour pénétrer, s'étendre, & s'infinuer dans les differentes parties de cette figure... Vois comme elle commence à fe mouvoir... Elle ouvre les yeux... Le feu divin y brille... Ne juges-tu pas à propos que nous nous rendions invifibles, & que nous ne paroiffions qu'après avoir joui de fa furprife à la vûe du Ciel, de la Terre, de ces gazons émaillés de fleurs...

MERCURE.

Comme tu voudras.

Tandis que cette premiére Statuë par ses attitudes &
ses pas, marque sa surprise & son admiration,
Prométhée par ses gestes marque combien il est sa-
tisfait de son ouvrage, & tache de faire entrer
Mercure dans sa joye. Il anime une seconde Sta-
tuë qui est encore celle d'un homme, & qui expri-
me à la vûe du Ciel & de la Terre les mêmes mou-
vemens de surprise que la premiére ; ensuite ils
s'apperçoivent, courent l'un à l'autre, s'embras-
sent & se donnent tous les témoignages de l'amitié
la plus vive.

PROMETHE'E *à Mercure qui regarde froidement.*

Quoi tu parois insensible à ce spectacle, à
cette simpathie, à cette tendre amitié qui les a
d'abord unis ?

Il anime une troisiéme Statuë ; c'est celle d'une fem-
me ; elle ne considére qu'un moment le Ciel & la
verdure ; ses regards tombent & s'arrêtent bientôt
uniquement sur elle. Elle examine avec une secret-
te complaisance, ses mains, ses bras. . . . Elle
vu se mirer dans un bassin que forme une chûte
d'eau au bord de la coulisse ; celui des deux hom-
mes qui l'apperçoit le premier, court à elle ;

charmée à ſa vûe, elle lui fait d'innocentes careſ-
ſes. L'autre qui eſt reſté au bord du Théâtre, après
les avoir regardés pendant quelque temps, s'ap-
proche. Elle lui fait les mêmes careſſes qu'au pre-
mier ; la jalouſie naît entre eux ; la coquetterie
de la femme l'augmente ; ils deviennent furieux ,
& ſe menacent. Tandis que l'un avec une branche
d'arbre qu'il a arrachée, pourſuit l'autre hors de
la vûe du ſpeƈtateur , la femme continue de ſe
mirer ; ils reparoiſſent avec des Maſſues ; elle tâ-
che de les adoucir. Après différens mouvemens qui
peignent également l'amour , la jalouſie, la coquet-
terie, & la fureur, ils ſortent tous les trois du
Théâtre.

MERCURE.

Eſt-ce là leur douceur , & la tendre amitié
qu'ils auront les uns pour les autres ? Tu ne parois pas content de tes enfans ?

PROMETHE'E.

Mes enfans ? Ah je les renie.

MERCURE.

Peut-être les autres te donneront-ils plus de
ſatisfaƈtion ?

PROMETHE'E.

Les autres ? Quoi tu me crois affez fou pour animer le refte de ces Statues ?

MERCURE.

Il ne faut pas te rebuter.

PROMETHE'E.

Eh ne plaifante point, lorfque tu me vois dans l'embarras ; je crains que Jupiter juftement indigné de l'ouvrage, ne veuille m'en punir.

MERCURE.

Je fuis ton ami, & je vais te le prouver par un bon confeil. Pour te mettre à l'abri de fa colere, il faut tacher d'intereffer les Déeffes & quelques-uns des Dieux à la fotife que tu viens de faire.

PROMETHE'E.

Eh comment veux-tu que je les y intereffe ?

MERCURE.

Ecoute ; avant que Jupiter en lançant fes foudres, eût détruit tout ce qui refpiroit fur la terre, tu fçais qu'il n'y avoit pas une Déeffe qui n'eût autour d'elle deux ou trois animaux qu'elle paroiſſoit aimer à la folie, qu'elle careſſoit ſans ceſſe, & qu'elle trouvoit les plus jolis du monde malgré tous leurs défauts. Ces animaux ſi chéris ne ſont plus; ils ont péri avec les Titans; il faudra dire à nos Déeſſes que tu as voulu les en dédommager, en leur conſacrant des humains dignes de remplacer les bêtes qu'elles regrettent.

PROMETHE'E.

Ton idée me plaît aſſez, & pourroit, je crois, reuſſir.

MERCURE.

Je te reponds du ſuccès; je dois connoître la Cour celeſte,& les effets que ne manquent jamais d'y produire, la curioſité, la nouveauté, les gouts de caprice, & les fantaiſies de mode. Fournis-moi ſeulement des humains bien ridicules, & ne tembaraſſe pas, je leur promets des Protecteurs. Voyons, examinons, choiſiſſons parmi ces Statues; à la phiſionomie je devinerai aiſement & ſans craindre de me tromper, quel ſera le caractére de chacune. Commençons par celle-ci qui eſt la plus proche & dont le corps eſt aſſez noblement mal fait... Que dis-tu de cet air, de ces traits?

PROMETHE'E.

Ma foi je t'avoue que je ne ſçais qu'en dire,

tant ils me paroiſſent équivoques, confus, en-
veloppés ; je n'y vois rien de net ; il me ſemble
que j'y démêle tout à la fois de la préſomptión
& de l'affabilité ; de la baſſeſſe & de la hauteur ;
de l'orgueil & de la ſoupleſſe ; un ſourire perfide
à travers un accueil careſſant... Faudra-t-il l'animer ?

MERCURE.

Sans doute, & la conſacrer à Janus à deux
viſages.

PROMETHE'E.

J'entends, ce ſera un homme de cour.

Il s'aproche d'une autre Statue.

Voilà une aſſez jolie tête ?

MERCURE.

Je t'aſſure que ce n'en ſera pas une bonne. Il
faudra préſenter celui-ci comme une bagatelle,
un petit rien aſſez genti, qui aura du babil, &
qui ſera très-propre à la toilette des femmes, ſoit
pour entrer dans toutes les minuties de leurs aju-
ſtemens, ou pour conter la nouvelle du jour.

PROMETHE'E.

A qui le deſtines-tu ?

MERCURE.

Sa taille mince & flutée, ſa tête qu'il tient
ſi droite, ſes longs cheveux, & un certain petit air précieux, ſemillant & minaudier me dé-
cident... à Themis, ce ſera un de ſes jeunes
éleves.

Examinant une troiſiéme Statue

Oh regarde cette figure !

PROMETHE'E.

Elle n'eſt pas prévenante.

MERCURE.

Vois ce front étroit & ce large viſage, ces
ſourcils épais, cet air bruſque & trivial, cette
taille courte, ces groſſes jambes & ces petits
bras... Le beau préſent à faire !

PROMETHE'E.

A qui ?

MERCURE.

A Plutus.

PROMETHE'E.

Tu es heureux en dédicaces ; mais je crains que la flamme celeste n'ait de la peine à pénétrer dans cette masse-là.

MERCURE.

Qu'importe : il suffira de quelques étincelles qui lui donneront le mouvement des mains.

Promethée anime ces trois Statues ; l'homme de cour danse d'un air fastueux, & l'éleve de Thémis, en minaudant. Au son de l'or que le favori de Plutus qui s'est animé lentement, remue dans son chapeau, l'un & l'autre viennent le flatter & le caresser avec bassesse ; il se débarasse d'eux d'un air brusque ; ils le suivent, & tous les trois sortent de dessus la Scene.

MERCURE *regardant une quatriéme Statue qui paroît celle d'un petit homme vêtu à la Moresque.*

Dis-moi, je te prie, pourquoi cette Figure au teint le plus rembruni ?

PROMETHE'E.

Ma foi je ne sçais ; je ne me rapelle pas même l'avoir faire ; je travaillois de caprice ; je voulois varier les phisionomies, & sur la fin de l'ouvrage j'avois la tête si fatiguée...

MERCURE.

MERCURE.

Anime-la ; je crois qu'elle nous divertira.

Promethée la touche de son flambeau ; c'est la Folie qui s'élance aussi-tôt en dansant avec un tambour de basque.

MERCURE.

Je n'y connois rien ; rendons-nous visibles ; la flamme celeste, & surtout communiquée par des Dieux, doit lui donner assez d'idées & de connoissances pour comprendre aisément tout ce que nous lui dirons.

LA FOLIE *feignant de la surprise en les voyant.*

Ah ! . . . dites-moi, je vous prie, qui suis-je, qu'étois-je & qu'étes-vous ?

MERCURE.

Tu étois il n'y a qu'un instant au nombre de ces Statues ; tu es un homme à présent ; nous sommes des Dieux qui t'avons donné la vie.

LA FOLIE.

Je vous suis bien obligé ; aparemment que vous allez aussi la donner à toutes ces autres Figures-là.

B

MERCURE.

Non. La tienne nous a paru plaifante ; nous l'avons animée de préférence.

LA FOLIE.

Comment donc je ferai feul ?

MERCURE.

Oui.

LA FOLIE.

Eh que ferai-je feul ?

MERCURE.

Tu admireras les merveilles de la nature.

LA FOLIE.

Admirer… toûjours admirer… j'aimerois mieux rire.

PROMETHE'E.

Eh bien tu riras avec nous.

LA FOLIE.

Avec vous ? Il me femble que vous êtes trop grands pour n'être pas triftes… de grace donnez-moi des camarades.

MERCURE.

Tu te repentirois bien-tôt de nous les avoir demandés.

LA FOLIE.

Eh pourquoi?

MERCURE.

Parce que les animaux de ton espece, ont le cœur si méchant qu'au lieu de vivre en paix les uns avec les autres, ils ne chercheroient qu'à se nuire, à se tromper, à s'opprimer, à se détruire.

LA FOLIE *refléchissant.*

Si je suis seul, je m'ennuirai... si j'ai des camarades, j'aurai beaucoup à souffrir. . . Eh mais, la vie n'est pas un si beau présent que je croyois.

MERCURE *s'approchant d'elle.*

Eh bien il n'y a qu'à te l'ôter.

LA FOLIE.

Doucement, doucement ; raisonnons.

MERCURE.

Raisonnons ? Tu es bien insolent !

LA FOLIE.

Je fuis comme vous m'avez fait.

PROMETHE'E.

Jouis des faveurs des Dieux, & ne raifonne jamais.

LA FOLIE.

Eh bien, fans raifonner, permettez-moi de vous demander fi vous ne pourriez pas empê-cher que le cœur des camarades que vous me donneriez, ne fût auffi méchant que vous le dites?

MERCURE.

Il faudroit y détruire l'amour propre, l'amour de foi-même, & cela n'eft pas poffible.

LA FOLIE.

Eh mais, l'amour de foi-même doit rendre honnêtes gens?

MERCURE.

Il les rendroit au contraire injuftes, envieux, médifans, hautains, orgueilleux...

LA FOLIE.

Orgueilleux! eh de quoi entre animaux de même efpece?

MERCURE.

Oh de quoi ? ma Statue, diroit l'un, a été animée des premiéres ; la mienne, diroit un autre, est d'une terre rare & choisie...

LA FOLIE.

Parlez-vous férieusement ?

PROMETHE'E.

Très-férieusement ; & si nous voulions te détailler toutes les extravagances qui entreroient dans leurs têtes, nous n'aurions jamais fait.

LA FOLIE.

Que toutes ces extravagances de mes chers camarades me feront rire ! Tenez, je ne sçais si c'est une opération de votre divine présence ; mais je fens que tout à coup mes idées fe développent au point de me faire imaginer un moyen de me divertir, de bien vivre avec eux, & de m'en faire aimer.

MERCURE.

Eh quel est ce moyen ?

LA FOLIE.

Je les affemblerai de temps en temps dans

quelqu'endroit, & là je copierai, je contreferai leurs airs, leurs façons, leurs défauts, leurs ridicules...

MERCURE.

Tu esperes t'en faire aimer en te mocquant d'eux?

LA FOLIE.

Sans doute; leur malignité fera flattée, amusée de mes portraits; chacun les apliquera à ses voifins, & l'amour propre empêchera qu'aucun ne s'y reconnoiffe.

PROMETHE'E.

Mercure, voilà un raifonnneur... Je commence à foupçonner....

Ils l'examinent de plus près; elle ôte fon mafque, & leur rit au nez.

Ah!... Eh c'eft la Folie!

LA FOLIE.

Elle-même.

PROMETHE'E.

Pourquoi ce déguifement?

LA FOLIE.

Eh mais, pour me mocquer de toi & me divertir un moment avant de t'aprendre ce qui vient de se passer dans l'Olimpe.

PROMETHE'E.

Jupiter est-il bien irrité ?

LA FOLIE.

Il l'étoit, te menaçoit ; j'ai eu la générosité de prendre ton parti : cela a paru d'abord le trait d'une folle, n'étant pas d'usage, comme tu sçais, à la Cour celeste de parler pour quelqu'un qui tombe en disgrace. Promethée, ai-je dit, a-t'il animé ces Statues dans le dessein de nous offenser ? Non, il n'a voulu que plaire à Minerve, à la Déesse de la Sagesse qui avoit imaginé ces nouveaux Etres pour avoir le plaisir de les gouverner ; si leur existence est un mal c'est donc à elle seule qu'il faut s'en prendre, & pour la mortifier & la punir, il n'y a qu'à ordonner que ce sera moi qui les gouvernerai : voilà mon discours. Jupiter m'a souri, & tout de suite a déclaré qu'il me donnoit dès-à présent & à jamais la direction générale de toutes les têtes de ce monde sublunaire. (à *Mercure.*) Tu me regardes ? Serois-tu un Dieu affez bête pour ne pas fentir toute la fageffe de ce décret ? Songe donc que fi Minerve avoit gouverné les hommes, elle leur auroit infpiré de la douceur, de la modération, les auroit fait vivre tous dans une égale abondance ; qu'alors n'ayant pas befoin les uns des autres, chacun feroit demeuré enfeveli dans un ftérile repos, & que par conféquent l'univers ne fe feroit pas embelli ; au lieu que guidé, échauffé par mon genie, leur amour propre rendra toutes leurs paffions vives & agiffantes ; l'ambitieux dépouillera fon voifin, & fera dépouillé par un autre ; il faudra des loix, des honneurs, des emplois ; il y aura des riches, des pauvres ; de l'indigence naîtra l'induftrie, & l'induftrie fera la mere des arts, des fciences, du commerce ; on bâtira des villes ; dans ces villes de fuperbes palais ; la mer fe couvrira de vaiffeaux...

MERCURE.

Je crois ma foi, que la folle a raifon.

PROMETHE'E.

Je le crois auffi, & je ne ferois plus fi fâché contre mon ouvrage, fi j'étois fûr que Jupiter me pardonnât.

LA FOLIE.

Eh ne crains rien. Tous les Dieux ne font-ils pas intereffés à parler en ta faveur ? Venus, Mars , l'Amour , Apollon , Momus , & notre ami Mercure. L'heureux évenement pour lui ! Parmi les mortelles, il y en aura fans doute de jolies ; il a l'efprit fouple, adroit, infinuant ; Jupiter le députera...

MERCURE *d'un ton dédaigneux.*

Je te remercie de l'emploi.

LA FOLIE.

Ah , mon ami, je te vois dans peu plus en credit, plus brillant à la Cour celefte , que ceux même qui fe font le plus fignalés dans la guerre des Titans.

MERCURE.

On eft difpenfé de répondre aux difcours de la Folie. *A Promethée.* Allons, donne-lui ce flambeau, & remontons à l'Olimpe.

Ils partent.

LA FOLIE.

Jufqu'au revoir, Mercure. *Seule.* Avant que d'animer ces Statues, refléchiffons un peu. Il eft de mon honneur & de celui de mon fexe que les hommes foient fubordonnés aux femmes; mais comme cela pourroit d'abord exciter de la zizanie, voyons, cherchons quelque moyen.. Je penfe... oui... fort bien... à merveilles, & je m'admire ! Jupiter tient quelquefois confeil pendant trois heures avec toutes les groffes têtes de l'Olimpe fans pouvoir prendre un parti; moi tout d'un coup, dans la minute, je viens de trouver un arrangement dont les deux fexes feront également fatisfaits. Hommes, naiffés & que votre premier hommage à la Folie foit de vous regarder comme des êtres merveilleux & bien fuperieurs aux femmes. Emparez-vous des honneurs, des dignités, des emplois & de toutes les apparences de la puiffance. Mes cheres compagnes, naiffez pour paroître foumifes, mais en effet pour commander à ces prétendus chefs de la fociété. Je vois le guerrier vous confacrer fes trophées, le Financier aporter à vos pieds fes tréfors, & le Magiftrat y dépofer fa gravité, fa morgue & la balance de Thémis. Comme les Dieux, vous difpoferez des cœurs & ferez avec moi les divinités de la terre.

Elle fecoue le flambeau, les hommes s'animent, & forment une marche grave & lente.

LA FOLIE.

Voilà donc les hommes fortant des mains de la nature ! qu'ils ont l'air pefant, & groffier ! Il faut efperer que mon fexe les polira & leur communiquera un peu de fa vivacité.

Elle anime les Femmes fur une mufique plus douce & plus legere. Les Hommes dont les fens font auffitôt frappés à la vûe des femmes, courent à elles avec tout le feu des defirs. Elles fe deffendent de leurs careffes & les repouffent avec modeftie & fierté. On voit arriver quatre petits amours qu'on reconnoit à leurs aîles ; le premier a le cafque & la cuiraffe ; le fecond la perruque quarrée & la robbe de magiftrat ; le troifiéme eft doré comme Plutus, & le quatriéme n'a qu'une petite perruque ronde avec un petit manteau noir fur l'habit couleur de chair des amours. Ils s'approchent des femmes & leur préfentent des guirlandes de fleurs d'un air foumis & refpeétueux. Ils reprochent enfuite aux hommes, par leurs geftes & leur danfe pittorefque, leurs manieres vives & brufques, & finiffent par leur enfeigner la façon dont ils doivent s'y prendre pour plaire & fe faire aimer. Les hommes inftruits par les amours fe mettent aux genoux des femmes qui les enchaînent avec les guirlandes.

A R I E T T E.

Heureux Mortels, nés pour nous obéir,
L'empire de vos Souveraines
Eft fondé fur les Loix que dicte le plaifir :
Venez, empreffez-vous de recevoir des chaînes,
Heureux Mortels, nés pour nous obéir.

Air Leger.

Le joug que l'on vous impofe
Eft fi leger & fi doux,
Que votre Vainqueur s'expofe
A le partager avec vous.

Venez, empreffez-vous de recevoir des chaines.
Heureux Mortels, nés pour nous obéir.

A R I E T T E *legere.*

Chantons, célébrons la Folie,
La gaieté vole fur fes pas,
La volupté naît dans fes bras,
Et le plaifir lui doit la vie.
Chantons, célébrons la Folie, &c.

Chaque femme danfe avec l'homme fur lequel elle a jetté les yeux, avec un air de dignité qui annonce qu'elle voudra bien en faire un mari.

SUivez l'amour & la Fo- li-e, Vous goûte-

rez un fort char-mant, L'amour eſt · l'a- me

de la vi-e, La Fo- li-e en fait l'agré-

ment. La raiſon ja- louſe en-vain gronde,

Fermez l'oreille à ſes diſ- cours; Sans la Fo-

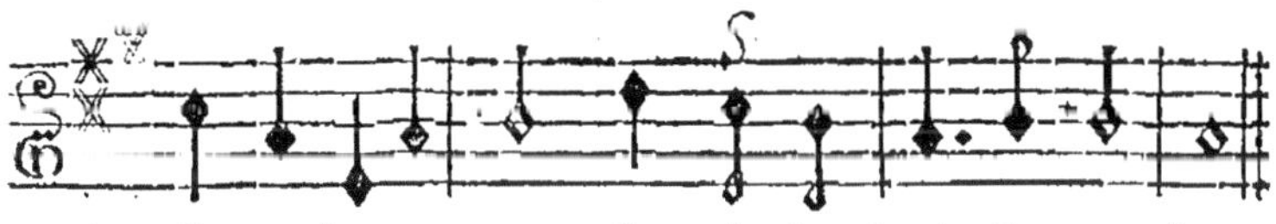
lie & les a-mours, Que deviendroit le monde?

A jeune Fillette une mere
Deffend toûjours d'aller au bois :
Mais on se rit de sa colere
Et l'on s'échappe en tapinois.
L'amour fait le guet à la ronde,
Les Sylvains sont vifs & charmans,
Si l'on écoutoit les mamans,
   Que deviendroit le monde ?

Mlle. H u s.

A mon âge il est difficile
De satisfaire votre gout :
Mais pour devenir plus habile
J'essaye à faire un peu de tout :
Regardez-moi d'un œil propice
Pour encourager mes talens,
Si vous n'étiez pas indulgens,
   Que deviendroit l'Actrice ?

Pauvres maris que l'on offense
Et dont on rit encore après ;
Sur les autres prenez vengeance,
Mais n'en vivez pas moins en paix ;
Qu'on vous chansonne, qu'on vous fronde,
Ne vous mettez point en courroux ;
Messieurs, si vous vous fachiez tous,
   Que deviendroit le monde ?

Content du cœur de ma Bergere,
Le mien ne defire plus rien ;
Je l'adore , j'ai fçu lui plaire ,
Je jouis du fouverain bien.
Notre félicité fe fonde
Jufqu'au trépas fur ce beau feu :
Après nous , il importe peu
  Ce que devient le monde.

On ne me veut voir occupée
Que de joujous & de pompons ;
On me renvoye à ma poupée
Dès que je fais des queftions ;
Mais c'eft à tort que l'on me gronde :
Si certain defir curieux
Aux fillettes n'ouvroit les yeux ,
  Que deviendroit le monde ?

A U P A R T E R R E.]

Meffieurs , quand la Mufe comique
A fait pour vous d'heureux efforts ,
Votre goût fatisfait s'explique
Par le plus charmant des accords.
Vous plaire eft notre unique envie ,
Vous décidez de nos deftins ;
Sans ce doux concert de vos mains
  Que deviendroit Thalie ?

F I N,

De l'Imprimerie de DALLARD, seul Imprimeur du Roi pour la Musique, & Noteur de la Chapelle de Sa Majesté, rue S. Jean-de-Beauvais, à Ste Cécile.

9 782019 628543